THÉÂTRE

DE

FABRE D'ÉGLANTINE

—

TOME PREMIER.

PARIS.

Du cabinet d'un Amateur.

je reconnais avoir cédé à M.me veuve Duchesne la propriété de l'impreßion
de ma comédie leconvalesçant de qualité, sauf la faculté ~~propriété~~
qui me reste de la faire imprimer dans ou pour mon
théâtre. Laquelle ceßion est pour en jouir elle et
ses ayans cause de même que ma reserve est
pour moi et mes ayans cause. Le tout pour
la somme de sis cens livres reçües comptant
à paris ce 4 avril 1791.   Fabre d'Eglantine

FABRE D'EGLANTINE.

Fabre - d'Eglantine

Conventionel, Auteur Dramatique.

Fabre-d'Églantine (Philippe François Nazaire)
né à Carcassonne en 1755, mort à Paris en 1794.

A M.GR TURGOT

CONTROLLEUR GÉNÉRAL DES FINANCES

EPÎTRE

Tandis que dans les bras d'une lâche paresse
Le noble dédaigneux mollement reposait;
Tandis qu'en ses repas l'opulence exposait
Et le faste et le vice avec délicatesse;
Qu'un sot enorgueilli de sa fraîche richesse
De cent plaisirs honteux, bassement s'amusait.
Tandis qu'un mi-robin, un facteur de requête,
Transformant en bijoux, les biens de ses cliants,
Attifait de pompons, chargeait de diamans
Et la tête et les pieds d'une épouse coquette,
Dont il égare ainsi les mœurs et le bon sens:
Tandis qu'un Banneret, du fond de sa province
Narguant de ses vassaux les piteuses clameurs,
Achetant un char d'or au prix de leurs sueurs,
Accourait vers Paris, pour y singer le Prince:
Tandis que le marchand promenait tour-à-tour,
D'une Laïs à l'autre un sot libertinage,
Qu'esclave de ses sens, enflammé sans amour,
Sur un bilan adroit fondé de jour en jour,
Il volait ses amis pour la femme qu'il gage:
    J'ai vu sur nos chemins, l'indigent villageois,
Accablé sous le faix d'un travail sans salaire,
De ses propres secours privé dans sa misère
Et mourir de fatigue et de faim à-la-fois:
J'ai vu ce malheureux, honteux d'un esclavage
Que par un choix injuste on avait ordonner
Arrosant de ses pleurs, un insipide ouvrage,
Au sombre désespoir prêt à s'abandonner;
Je l'ai vu frémissant de douleur et de rage
À l'aspect des soldats, qui loin de son ménage,
À ce travail ingrat, accouraient le traîner.
Pour punir un instant de désobéissance
J'ai vu des hommes durs, dont l'affreuse équité,
Au mépris de l'honneur et de l'humanité

Vendaient le seul grabat qui fût en sa puissance
Et lui ravissaient tout.... jusqu'à sa liberté.
Oui, tel était le Sort de ces hommes utiles,
Dont les pénibles soins, dignes d'un meilleur prix,
Nourrissent tous les jours, et l'habitant des Villes,
Et les Grands.... dont peut-être il n'a que les mépris.
L'homme Sensible et fier, l'homme équitable et Sage
Gémissaient de ces maux, dans nos champs répandus,
Mais contre des conseils, injustes, absolus,
Dont le vernis du bien a coloré l'ouvrage,
Louis de la Sagesse a-t-il quelque avantage ?
Pour les faire avorter, pour les voir abbattus,
Il fallait de TURGOT, le cœur et le courage
Il fallait de LOUIS, les mœurs, et les vertus.

Par Son très-humble et très-obéissant
Serviteur Fabre D'Eglantine

NOTICE

SUR

FABRE D'ÉGLANTINE.

Une double célébrité s'est attachée au nom de Fabre d'Églantine : l'une, déplorable et funeste, fut acquise au milieu des discordes civiles; l'autre, obtenue sur un théâtre moins périlleux, a survécu aux orages du parterre, aux clameurs de la critique, à la sévérité même des souvenirs. Heureux Fabre d'Églantine si le sort l'avait fait naître à une autre époque! sa gloire serait aujourd'hui sans mélange : le tems qu'il dissipa au milieu des factions eût été consacré au perfectionnement de ses ouvrages; il aurait augmenté le nombre de ceux qui ont préservé son nom de l'oubli; l'activité dévorante de son âme eût trouvé dans les arts de l'imagination un plus noble aliment; une généreuse émulation littéraire eût remplacé l'ambition politique; et la licence fougueuse de sa plume n'eût été peut-être qu'une liberté philosophique, féconde en beaux ouvrages, et utile à la civilisation de son pays.

Fabre n'avait point les proportions qu'exige un rôle principal dans les tragédies révolutionnaires. Comme tant d'autres, il subit la loi de l'entraînement ; et cette réflexion doit servir d'excuse aux excès qu'on lui reproche. Il ne fut proscripteur qu'*à la suite*. Avec une tête ardente, une incroyable impétuosité d'esprit, Fabre était un vrai poète, vivant au jour le jour, sans souci de l'avenir, et incapable de ces froids calculs sur lesquels un conspirateur élève l'édifice de sa fortune. Nous croyons que ceux qui l'ont accusé de dilapidations, de concussions, ne l'ont pas connu, ou cherchaient un prétexte à leur haine. « Je n'ai jamais fait tra-« vailler mon petit pécule, leur répondait-il ; je « n'ai de ma vie touché un denier de rente. Je vis « au tas ; je vis du jour à la journée ; je vis en « poète. »

Mais écartons de cette notice littéraire les détails qui ne regardent que l'homme politique, et des deux parties essentiellement distinctes dont se compose la vie de Fabre d'Églantine, bornons-nous à raconter la première.

Philippe - François - Nazaire FABRE, naquit à Carcassonne, le 28 décembre 1755. Les premières années de sa vie ne furent pas heureuses, et la tendresse maternelle manqua à son enfance. On en peut juger par ces vers qu'il adressait, en 1787, à l'un de ses condisciples : il parle de sa mère :

Jamais, le croiras-tu, ses yeux ne m'ont souri;
Et neuf fois, oui neuf fois notre dieu favori
Du Bélier aux Poissons a fini sa carrière
Sans qu'une seule fois la bouche d'une mère
Sur ma bouche enfantine ait daigné se poser,
Et dans sa tombe encore est son premier baiser.

(Épitre à M. DE LAURAGUEL.)

Est-il vrai que les premières impressions de l'enfance commandent le cours tout entier de la vie? Privé, jeune encore, des caresses qui font le principal charme de cet âge, peut-être Fabre a-t-il dès lors senti son cœur se sécher; peut-être a-t-il contracté cette insensibilité profonde que depuis on lui a tant reprochée. Quoi qu'il en soit, après une éducation incomplète et négligée, il chercha hors de la maison paternelle un bonheur qu'elle ne pouvait lui donner. Livré sans guide à ses passions ardentes, il se précipita dans toutes les erreurs d'une vie dissipée. Il se fit tour à tour comédien, peintre, graveur, musicien et poète. A un âge où les jeunes gens entrent dans le monde, menant une existence errante, et pour ainsi dire nomade, Fabre demeura étranger aux convenances sociales, et ne connut jamais cet art si nécessaire de s'oublier soi-même pour ménager l'amour-propre des autres. Il suivait aveuglément toutes ses passions, les ménageait, les cultivait même avec un soin religieux. Une mémoire très heureuse, quelques lectures, des romances pleines de grâces et de goût, lui firent obtenir dans la société des

1.

succès agréables, et sa présomption s'en accrut
encore.

L'injuste mépris que l'on prodiguait alors à la
profession du comédien, et les dégoûts inséparables de cet état, le lui firent bientôt abandonner.
Il y obtenait d'ailleurs peu de succès; et le goût
de la composition s'étant progressivement emparé
de lui, il quitta le théâtre comme acteur pour y
reparaître comme écrivain. Très jeune encore, il
concourut pour le prix de poésie de l'Académie
française; mais son ouvrage intitulé : l'*Histoire
naturelle et son étude dans le cours des saisons*, ne
fut ni couronné, ni même mentionné. Il fut plus
heureux au concours des Jeux-Floraux; une églantine qu'il obtint le pénétra d'un tel enthousiasme
pour lui-même, qu'il voulut en perpétuer le souvenir, en attachant le nom de cette fleur à son
nom. Il s'intitula désormais *Fabre d'Églantine*.

Long-tems il chercha son véritable talent avant
de le rencontrer. Le genre descriptif était à la
mode : Fabre conçut le plan d'un poëme sur la
ville et les environs de Châlons-sur-Saône; mais
cet ouvrage ne fut achevé que plus tard. On peut
croire que ce n'est pas un chef-d'œuvre; le sujet
est vague; ou plutôt il n'y a pas de sujet. La
muse de l'auteur s'égare dans les environs de Châlons, en décrit les aspects, les sites; elle parcourt
ensuite la ville, et esquisse la peinture de ses
plaisirs et de ses fêtes avec un pinceau tantôt naïf

et folâtre, tantôt grave et sévère, le plus souvent satirique. Le style presque toujours négligé a quelquefois du charme, même une simplicité qui rappelle l'antique ; mais il est ordinairement lâche et verbeux. L'incorrection et l'obscurité s'y font toutefois moins remarquer que dans les comédies de Fabre d'Églantine.

Il s'exerçait en même tems dans un genre qui demande plus de sensibilité que d'imagination, plus de goût que d'éclat, plus de naïveté que de chaleur, dans la romance, et, chose assez remarquable, il y déployait un véritable talent. Ce poète, ailleurs si bizarre, assouplit alors la roideur habituelle de sa touche ; plusieurs de ses petites compositions, supérieures à ce qu'ont fait de mieux en ce genre Berquin et même Florian, resteront long-tems comme des modèles. *Les amans de Beauvais*; *Il pleut, il pleut, bergère* ; *Je t'aime tant*, et plusieurs autres romances de Fabre n'ont point encore été surpassées.

Mais si ces minces productions assuraient à leur auteur des succès de société, si elles le faisaient rechercher dans les cercles, c'était peu de chose aux yeux des gens de lettres ; ce n'était pas même un commencement de réputation. Fabre, arrivé à Paris sans autre titre qu'une *églantine* et avec le caractère d'un comédien médiocre, récemment transfuge de son art, ne dut pas produire un grand effet parmi les distributeurs de réputations.

On n'était pas forcé de deviner que ce jeune aspirant à la réputation littéraire recélait en lui-même un poète comique ; et, sur ce théâtre où se fait la gloire, on ne juge personne sur des espérances. Mais ces réflexions ne pouvaient être à l'usage de Fabre, et il conçut une indignation profonde de l'oubli dans lequel il languissait ; comme tant de jeunes gens rebutés à leur début, il suivit les conseils de la colère ; il jeta un regard satirique sur les prétendus grands hommes qui le dédaignaient ; et plus frappé de leurs ridicules et de leurs intrigues que de leur talent, sa vanité blessée le fit poète comique.

Les *Gens de lettres*, ou le *Poète provincial à Paris*, tel fut l'ouvrage auquel il confia ses projets de vengeance. Cette comédie en cinq actes et en vers fut reçue au Théâtre-Italien, et représentée le 21 septembre 1787. Eût-elle été excellente, elle eût obtenu difficilement du succès ; elle était médiocre et sa chute fut complète. Comment aurait-il pu captiver les suffrages, un jeune homme qui débutait en attaquant ses juges, qui n'épargnait ni les critiques, ni les journaux en crédit ; qui frondait les gens de lettres, signalant et exagérant leurs petites passions ? Un tumulte effroyable accompagna la représentation tout entière : on saisit avec soin une foule de vers faibles, de tours surannés, de locutions triviales ; on ne fit grâce ni à l'inexpérience en faveur de quelques scènes bien faites, ni à la franchise en faveur de quelques traits énergiques et vrais; tout le monde tomba sur un auteur qui n'avait ménagé personne; il retira sa pièce à la seconde représentation, sous le prétexte de corrections auxquelles il ne pensa plus; et il espéra prendre une éclatante revanche au Théâtre-Français.

Depuis quelque tems, en effet, ce théâtre avait reçu une tragédie d'*Augusta*, qui fut apprise rapidement et jouée quinze jours après la malencontreuse comédie. Cette précipitation sur laquelle Fabre avait fondé de grandes espérances fut précisément ce qui le perdit. Les blessures qu'il avait faites à l'amour-propre des gens de lettres saignaient encore. Le public, qui reçoit aisément les impressions qu'on lui donne, était mal disposé. Cependant les deux premiers actes furent écoutés paisiblement; mais on siffla outrageusement les trois derniers.

La faiblesse de l'ouvrage ne conspirait que trop avec les ennemis de Fabre d'Églantine. La donnée était romanesque. Une vestale qui, avant d'être consacrée aux Dieux, a contracté un hymen clandestin dont elle a eu un fils; un consul éperdument amoureux de cette vestale qui, par un singulier quiproquo, prend ce fils pour un rival, et l'accuse d'avoir attenté à la pudeur de la prêtresse du soleil; puis, après avoir été instruit de la vérité, veut se venger sur le fils des refus de la mère,

et finit par être déchiré par le peuple : on sent
tout ce qu'une pareille invention, qui contredit
souvent l'histoire, a de mal conçu et de contraire
aux convenances tragiques. Le rôle du fils d'Augusta, espèce d'esprit fort, élevé en Grèce à l'école
de Socrate, qui ne croit point aux Dieux de Rome,
et déclame sans cesse contre le paganisme, surtout
contre les vœux perpétuels des vestales, acheva
de faire tomber la pièce. On y distinguait cependant quelques tirades éloquentes, et plusieurs vers
heureux. Mais, en général, le style était chargé
de locutions bizarres, inusitées, et d'expressions
de mauvais goût.

L'auteur cependant fut moins découragé que
lors de sa première chute : il fit quelques cou-
pures, et risqua une seconde représentation. Les
adversaires étaient absens, et l'ouvrage se releva.
Il fut représenté six fois.

Mais le génie de Fabre l'entraînait plus particulièrement vers la comédie ; renonçant désormais à
Melpomène, il ne courtisa plus que sa sœur. Après
deux années d'intervalle, il fit représenter le *Présomptueux* ou l'*Heureux imaginaire*. La ressemblance remarquable qui existe entre cette pièce
et les *Châteaux en Espagne* de Collin d'Harleville,
a donné lieu à des interprétations très diverses.
Une discussion élevée entre Fabre et Collin dé-
généra bientôt en une haine déclarée de la part
du premier, qui n'agit pas envers son rival avec

cette délicatesse de procédés dont les gens de let
tres ne devraient jamais s'écarter entre eux.

Auquel des deux émules appartient le sujet des *Châteaux en Espagne?* Cette question n'a jamais été bien éclaircie. Plusieurs personnes, prononçant d'après le caractère des concurrens, n'ont pas balancé à donner les torts à Fabre, et à proclamer l'innocence de Collin, généralement connu pour la douceur, la probité de son caractère, et dont la mémoire a conservé tant d'amis. Un de ces derniers, que nous estimons trop pour ne pas penser que les droits de l'équité ne soient, à ses yeux, antérieurs à ceux de l'amitié, même la plus vive, M. Andrieux semble avoir tranché la question par une anecdote qu'il a racontée dans une notice sur son ami Collin d'Harleville. « Fabre d'Églantine, dit M. Andrieux, convenait, et il l'a même imprimé (il aurait été important de citer l'ouvrage), que Collin parla devant lui du projet qu'il avait de faire une comédie de l'*Heureux imaginaire* ou des *Châteaux en Espagne;* lui d'Églantine s'était senti le désir irrésistible de traiter le même sujet à sa manière. Il prétendait que le dessein manifesté par Collin n'avait pas dû lui interdire la faculté de chercher un moyen de gloire et de succès, en courant la même carrière; et il ajoutait assez plaisamment : s'il suffit que quelqu'un ait choisi un caractère comme sujet d'une comédie pour que personne ne puisse désormais le traiter, je déclare, moi, que je mets un *embargo* sur tous les substantifs et les adjectifs du dictionnaire qui indiquent un caractère, et que je me propose de les traiter tous. Après cette déclaration solennelle, le premier qui traitera un caractère quelconque, je l'accuserai de m'avoir pris mon sujet. J'ai eu dans les mains, ajoute M. Andrieux, la brochure de Fabre d'Églantine qui contenait cet argument plus spirituel que solide. »

Mais d'autres causes concoururent avec cette rivalité à la haine que Fabre voua à Collin d'Harleville. Le *Présomptueux*, représenté le 7 janvier 1789, c'est à dire, cinq semaines avant les *Châteaux en Espagne*, fut étouffé dès la seconde scène par une cabale puissante ; et l'auteur attribua cette chute, évident ouvrage de la passion, aux intrigues de son rival. Sans adopter cette accusation démentie par le caractère de Collin d'Harleville, on peut croire que d'indiscrets amis, désavoués par Collin, crurent lui rendre, en cette circonstance, un service qui eût répugné à sa délicatesse. Ce fut du moins ainsi que le rédacteur du Journal de Paris expliqua la chute du *Présomptueux*, qui, deux ans plus tard, devait obtenir un succès extraordinaire. « On assure, disait le Journal de Paris le lendemain de la première représentation, que le même sujet a été traité par un autre auteur, très justement estimé, dont la pièce n'a pas encore été jouée. Cette concurrence est toujours très dangereuse; souvent les deux concurrens sont pleins d'une estime mutuelle, tandis que leurs partis défendent leur querelle avec un zèle que l'un et l'autre désavouent, quelquefois même avec des moyens que la délicatesse réprouverait, et celui des partis qui triomphe afflige les deux rivaux à la fois. »

Aujourd'hui que, grâce au tems, il ne reste plus rien de ces passions haineuses, et que Fabre et Collin occupent chacun un rang distingué, on peut juger sans partialité les deux productions qui établirent entre eux une triste rivalité. Le *Présomptueux* et les *Châteaux en Espagne*, ressemblans par le sujet, portent l'empreinte d'un talent différent. L'ouvrage de Fabre est plus fortement conçu, et écrit avec plus de verve. Celui de Collin d'Harleville est mieux fait et d'un style plus châtié. D'Églantine est supérieur dans l'observation comique; il saisit plus vivement le ridicule, et punit le vice avec plus de sévérité. On dirait que l'âme honnête de Collin ne lui a pas permis la même rigueur. En général plus gracieux qu'énergique, il amuse par sa bonhomie plus qu'il n'instruit par la vérité de ses couleurs; il joue avec les ridicules plus qu'il ne les démasque et qu'il ne les châtie. Au reste, les deux comédies sont également estimables, et la chute complète du *Présomptueux* doit être regardée comme une injustice étrangère à la saine partie du public.

Reprise le 5 juin 1790, la comédie de Fabre d'Églantine obtint un très grand succès. Les comédiens pensèrent avec raison que l'on ne devait pas regarder comme une représentation véritable, celle de l'année précédente, et ils annoncèrent la première de l'ouvrage. On jugea que l'auteur avait très bien rempli son titre, en montrant un homme qui se croit assuré de tous les succès du monde, et qui ne doute pas de réussir dans des occasions où tout autre n'aurait pas même une lueur d'espérance. La présomption de Valère devient la source de toutes ses erreurs, et le place souvent dans des situations très comiques. Quelques critiques remarquèrent la ressemblance de l'un des ressorts de la pièce avec une scène de la *Métromanie* : Valère que ses parens veulent faire enfermer comme extravagant, offre, sans savoir qu'il est question de lui-même, d'obtenir une lettre de cachet, et paie les frais de l'exécution. Mais cette scène très bien amenée, présente des différences remarquables avec celle de Piron.

Le style du *Présomptueux* est, comme celui des autres comédies de Fabre, plein d'incorrections et d'obscurités. Toutefois on y trouve des vers bien faits, et des tirades entières méritent d'être remarquées. De ce nombre est celle-ci dans laquelle Fabre critiqua la mode alors nouvelle des jardins anglais.

Petit ou grand terrain, maisonnette ou palais,
Chaque enclos dans Paris a son jardin anglais.
. . . .
Dans un arpent de terre enfermant six montagnes,
Je trace trois vallons, et quatre ou cinq campagnes;
Ici c'est un village; une ferme plus loin;
Là, presque sous la main, vous avez au besoin
Des prés, des champs, des bois, une forêt entière;
Des vignes, des rochers, un pont, une rivière;
Un temple grec tout neuf qu'on bâtit ruiné;
Enfin, l'arpent, madame, est si bien combiné,
Que j'y fais contenir la terre en miniature;
Et c'est l'échantillon de toute la nature.

Nous avons dit qu'à dater de la chute du *Présomptueux*, Fabre avait juré à Collin d'Harleville
une haine irréconciliable. Un des premiers effets
de cette animadversion fut une satire assez inno-
cente intitulée : *Mes souvenances*. Collin d'Harleville avait publié, dans l'Almanach des Muses de
1789, une épître intitulée : *Mes souvenirs*, qu'il a
depuis considérablement abrégée, et introduite
dans ses OEuvres complètes. Ce morceau, dans
lequel l'auteur se reporte avec complaisance vers
sa jeunesse, raconte ingénument ses premiers
plaisirs et ses premières peines, parut à Fabre
empreint d'une affectation de sensibilité. A titre
de continuation, il en fit la parodie. On sait com-
bien en France il est aisé de faire un sujet de
plaisanterie des expressions naïves du cœur et de
l'épanchement naturel des sentimens les plus

touchans. La simplicité un peu nue du style de Collin fut jugée fade et niaise ; mais si Fabre crut devoir s'en moquer, il eut un double tort dans cette circonstance, celui de chercher à répandre le ridicule sur des sentimens respectables, et celui de le faire sans esprit.

D'Églantine cependant n'était encore connu que par deux pièces tombées et par une troisième qui n'avait point été entendue. Doué d'une imagination ombrageuse et inquiète, il crut un moment qu'une ligue générale s'était formée contre lui. Après la chute du *Présomptueux* il ne douta point que le même sort ne fût réservé à tout ouvrage annoncé d'avance comme étant sorti de sa plume. Pour prévenir l'effet de ce prétendu complot, il usa d'un stratagème assez singulier. Il avait fait recevoir par un théâtre de création toute récente, et desservi par une troupe de province (le Théâtre de Monsieur), une pièce en trois actes intitulée : le *Collatéral* ou l'*Amour et l'inté-rét*. Elle fut mise à l'étude, apprise et répétée dans le plus grand secret. On se garda de l'annoncer sur l'affiche. Le 26 mai 1789, on avait promis la dixième représentation du *Fabuliste*, comédie épisodique en deux actes. Au lever du rideau, le semainier annonce qu'une actrice s'étant trouvée subitement indisposée, il est impossible de donner l'ouvrage promis sur l'affiche ; mais, au lieu du *Fabuliste*, il offre la première représentation du

Collatéral ou l'*Amour et l'intérét*, comédie nouvelle. L'échange fut accepté avec joie; et la comédie de Fabre fut représentée sans que le public imaginât quel pouvait en être l'auteur.

L'*Amour et l'intérét* réussit complètement : l'auteur fut nommé au milieu des applaudissemens, et le public demanda, par acclamation, une seconde représentation pour le lendemain. Les journaux du tems trouvèrent dans la pièce beaucoup d'imagination, une conduite pleine d'art, des situations comiques, et un style, malgré quelques négligences, rempli d'esprit, de grâce et de bon ton.

Mais cette comédie, si heureuse dans la nouveauté, offre un nouvel exemple des caprices du public et des retours de la fortune. Reprise au mois d'octobre 1791 par les comédiens français, soit qu'elle fût moins bien jouée, soit que le public fût devenu plus difficile, en raison de l'essor que Fabre avait alors pris dans le *Philinte*, elle n'obtint qu'un demi-succès; et lorsqu'en 1801 mademoiselle Contat essaya de la remettre au même théâtre, elle n'en obtint pas du tout.

Cette froideur du public doit probablement être attribuée à une méprise. Il jugea l'*Amour et l'intérét* comme une pièce nouvelle, et son goût qui était changé depuis douze ans ne put pardonner au comique déja vieilli de l'ouvrage de Fabre d'Églantine. Peut-être si elle eût paru sous le nom de Marivaux, de Boissy, ou de quelque autre auteur déja ancien, eût-elle été accueillie avec plus de faveur.

L'*Amour et l'intérêt*, en effet, est une comédie qui rappelle tout à fait l'école de Marivaux. Le style, qui n'est point exempt de prétention, est ingénieux et souvent plein de délicatesse. Une intrigue qui roule sur un dépit amoureux peut paraître usée, mais les détails et une foule de scènes originales et de situations piquantes rajeunissent ce vieux canevas. La délicatesse des spectateurs put être blessée à la vue d'un vieil avare qui renonce à une jolie femme pour une grosse somme d'argent, et cependant ce caractère est dans la nature, et cette action n'est pas plus ignoble que beaucoup de traits de l'*Avare* de Molière. Un poète moderne a imité avec succès ce moyen comique, dans une pièce qui est restée au théâtre. Pourquoi ceux qui l'avaient trouvé inconvenant dans Fabre l'ont-ils applaudi dans M. Alexandre Duval[1]?

Mais Fabre d'Églantine devait bientôt, par un ouvrage hors de ligne, prendre sa place parmi nos meilleurs poètes comiques. Audacieux jusqu'à la témérité dans ses actes politiques, d'Églantine porta cette passion sur le théâtre, et, chose étrange, dans cette occasion, son orgueil même

---

[1]. Voyez le *Chevalier d'industrie.*

devint une des causes de son succès. S'il en avait eu moins, il n'eût pas tenté de continuer Molière, et notre littérature ne se serait pas enrichie d'une belle comédie.

Une opinion de Jean-Jacques Rousseau, dans sa lettre à d'Alembert sur les spectacles, fit concevoir à Fabre d'Églantine l'idée de son ouvrage qu'il osa intituler : le *Philinte de Molière* ou la *Suite du Misantrope*. C'était s'exposer à une redoutable comparaison, et tenter la susceptibilité du public. Le titre seul de la pièce, avant qu'elle eût été représentée, excita une rumeur générale parmi les beaux esprits. On se demandait quel était le téméraire qui ne craignait pas d'inscrire son nom à côté de celui du père de la comédie. Le parterre, à la première représentation, annonçait les dispositions les plus hostiles; mais on se calma insensiblement, la pièce fut bien reçue, et le succès devint la justification de la témérité.

Ce n'est pas que le mérite de l'ouvrage ait été reconnu sans contestation. On verra, dans les détails historiques qui accompagnent le *Philinte*, que quelques parties de cette comédie furent reçues avec froideur. La vérité du caractère de Philinte, plus odieux que comique, parut d'abord repoussante. Le style fut plus blâmé que tout le reste; mais la pièce, trop dépourvue de gaîté, se sauva par l'intérêt.

Un tel succès, obtenu sur la portion éclairée du

public, par une pièce qui, suivant l'expression de La Harpe, attirait les regards des connaisseurs, exalta l'orgueil de Fabre d'Églantine. On le distinguait déja parmi les hommes qui, méditant des catastrophes, s'accoutumaient insensiblement à tout oser. Il se crut bientôt assez fort pour manifester hautement ses passions et ses inimitiés. Cette licence de la haine le conduisit très loin; mais de tous les torts qu'il voulut se donner, le plus impardonnable fut sa conduite envers Collin d'Harleville. Dans une préface publiée en 1791, et qui précède la première édition du *Philinte*, Fabre attaqua son rival avec un acharnement sans exemple. Ce n'était pas assez d'avoir, dans sa pièce, offert une contre-partie de l'*Optimiste*, il se livra à la discussion la plus emportée de l'ouvrage et des principes de Collin. Il osa présenter l'œuvre de ce dernier comme ayant été composée par l'ordre des hommes que l'on flétrissait alors du nom d'*aristocrates*; il présenta Collin comme l'apôtre des intrigans et presque des scélérats. On a dit que cette dénonciation à une telle époque pouvait perdre Collin d'Harleville. Cela n'est pas exact. En 1791 le trône existait encore; l'Assemblée nationale n'avait encore aucun des caractères sanglans que l'esprit de persécution lui imprima plus tard, et les lois encore observées n'eussent pas permis que la haine d'un citoyen devînt le motif de la perte d'un autre. Deux ans après, en

1793, l'observation eût été plus juste. Toutefois, de toutes les taches qui obscurcissent la mémoire de Fabre, celle-ci est la plus ineffaçable. N'oublions pas de dire que Collin d'Harleville s'honora en ne conservant de cette odieuse agression aucun ressentiment. On aime à lire, dans l'avertissement qui précède ses OEuvres complètes, ce noble passage : « On a fait contre le but moral de l'*Optimiste* une préface étrange pour ne rien dire de plus. Je n'y répondis point dans le tems, persuadé que mon ouvrage se défendrait lui-même; et maintenant que l'auteur de cette critique ne vit plus, on juge bien que je m'interdirai plus que jamais toute réplique qui lui serait personnelle. Je ne veux me ressouvenir que de son talent qui était mâle, énergique, et dont il nous reste entre autres un gage distingué. »

Reprenons la nomenclature des ouvrages dramatiques de Fabre d'Églantine.

A dater du succès de son *Philinte*, sa fécondité n'eut plus de bornes. Dans la seule année 1791, il fit représenter deux comédies en cinq actes et en vers, une comédie en deux actes et un opéra. Déja riche de diverses productions antérieures, son portefeuille se grossit de plusieurs pièces nouvelles. Telle était cette abondance extraordinaire qu'en 1794, époque de sa mort, il comptait dix-sept comédies. La Harpe, dont il faut au reste se défier lorsqu'il juge les écrivains qui ont joué un rôle dans la révolution, prétend que Fabre se vantait tout haut de ne consulter personne, qu'il regardait les avis comme des pièges et les critiques comme des injures. Il affecta, dit le même auteur, de ne rien comprendre aux reproches qu'on lui fit sur sa diction, lorsque le *Philinte* parut; et l'on ne voit pas non plus qu'il ait mis depuis le moindre soin à corriger son style.

Le premier ouvrage qu'il fit représenter après le *Philinte* est une comédie intitulée : le *Convalescent de qualité* ou l'*Aristocrate*. Rien de plus piquant que cette pièce qui méritait de survivre aux circonstances, et qui est peut-être, après le *Philinte*, la production la plus remarquable de son auteur.

Le plan du *Convalescent de qualité* est à la fois ingénieux et original. Au moment où l'Assemblée constituante renversait, en une seule nuit, tout l'édifice féodal, une révolution rapide se manifesta dans toutes les provinces. La France du jour ne ressembla plus en rien à la France de la veille. La nuit du 4 août avait mis entre l'une et l'autre l'espace d'un siècle. Que de conditions changées! que de fortunes, de rangs, de préjugés abattus! L'assemblée avait accompli à la lettre ce verset du cantique : *Deposuit potentes de sede, et exaltavit humiles.*

Fabre saisit habilement l'instant même de ce passage : il y trouva une donnée comique, et sans doute le moyen de servir son parti; peut-être n'eut-il d'autre but que d'attaquer la puissance déchue; mais son génie peignit tout entière, mieux que n'aurait pu le faire un habile historien, une époque unique peut-être dans les annales du monde.

Il suppose que le marquis d'Apremine est tombé dangereusement malade la veille de la réunion des États-Généraux. L'affection dont il a été atteint était d'un caractère tellement alarmant, que son médecin a cru devoir le faire transporter dans une campagne solitaire et le séquestrer entièrement du monde. Le Marquis passe ainsi dans une fièvre qui ne lui laisse pas un moment l'esprit libre, les trois mois qui forment l'intervalle entre l'ouverture des États et le 4 août 1789; il entre en convalescence vers cette époque, et on le ramène à Paris. Pendant quelques jours on essaie de lui faire garder la chambre; on voudrait lui cacher ce qui s'est passé en son absence. Mais chacune de ses actions porte l'empreinte de ses préjugés, et chaque mot qu'il entend devient une révélation. Il commence par n'y rien comprendre; il s'imagine que tout le monde est devenu fou, et se livre à des accès de colère très comiques. Pourquoi ses laquais n'ont-ils plus de livrée? Quelle est cette cocarde dont les couleurs ne sont point les siennes? Un riche négociant vient familièrement lui demander sa fille pour son fils; il

repousse avec indignation une pareille mésalliance;
le négociant insiste, d'Apremine appelle ses gens
et leur ordonne de chasser l'insolent visiteur : mais
quel est son étonnement, lorsqu'il voit ses laquais
refuser d'obéir! Autre sujet de colère : sa fille est
imbue des doctrines nouvelles; elle pense qu'en
fait de mariage l'inclination doit être plus consul-
tée que la noblesse; elle aime d'ailleurs le jeune
homme, et s'efforce de prouver à son père que
le commerce est une profession honorable : le
Marquis, révolté d'une semblable audace, me-
nace sa fille d'une lettre de cachet : — Elles sont
abolies. — Il veut la faire mettre à la Bastille. —
La Bastille est tombée. Un créancier se présente,
et, n'étant pas satisfait, parle d'huissiers et de
contraintes; d'Apremine, suivant l'ancien usage,
lui répond qu'il va le faire jeter par la fenêtre. —
Le créancier réplique, sans s'émouvoir, que la
mode en est passée, et qu'il va faire saisir les
meubles. Surpris, indigné au dernier point,
d'Apremine demande à son intendant compte de
sa fortune, du prix de ses brevets, de ses taxes
sur les jeux publics, sur les marchés, de ses droits
d'entrée, de ses pots de vin sur les emplois d'éche-
vin, de syndic, etc.; n'y avait-il pas là de quoi
payer ses créanciers? Hélas! tout cela s'est envolé.
Le Marquis ne sait plus où il en est. Enfin, son
médecin arrive sur ces entrefaites, et déchire
entièrement le voile. Que l'on juge de l'étonne-

ment, de la fureur du Marquis! il tonne contre les novateurs, contre les nobles, contre le roi, contre l'univers entier. On parvient enfin à lui faire entendre raison sur un mal sans remède.

Il est facile d'imaginer la série de scènes piquantes que produit le développement d'une donnée aussi dramatique. Le *Convalescent de qualité* obtint le plus grand succès, et cet ouvrage d'un genre tout différent du *Philinte* accrut encore sa réputation.

Six mois après, Fabre donna l'*Intrigue épistolaire*, comédie en cinq actes et en vers, dans laquelle il parut vouloir répondre à ceux qui avaient reproché au *Philinte* d'être trop sérieux. La gaîté extraordinaire et presque bouffonne de l'*Intrigue épistolaire*, lui assura la vogue. Mais si cette pièce captiva le parterre, elle n'obtint pas le même succès parmi les gens de lettres, qui n'y trouvèrent qu'une grossière contre-partie du *Barbier de Séville*. L'*Intrigue épistolaire* est pourtant restée au répertoire du Théâtre-Français, et elle produit toujours beaucoup d'effet aux représentations.

Le 5 novembre de cette même année 1791, on vit paraître encore une comédie de Fabre d'Églantine. Il semblait que la progression de son activité littéraire suivît celle de son activité politique. Mais l'*Héritière*, c'est le titre du nouvel ouvrage, éprouva une chute complète. Le Journal de Paris assure que la malveillance la plus évidente contribua au malheureux destin de l'*Héritière*; mais il avoue en même tems que cette pièce manque d'intérêt, et offre plus de développemens que d'action. Cependant plusieurs caractères parurent bien dessinés, et la partie comique de l'ouvrage obtint des applaudissemens. Nous remarquerons, comme un fait assez curieux, que Talma remplit dans cette pièce, avec le plus grand succès, le rôle d'un jeune fat moderne, et que cet acteur si profondément tragique déploya, dans un rôle étranger à ses habitudes, les grâces les plus séduisantes.

La dernière comédie représentée au Théâtre-Français pendant la vie de Fabre d'Églantine a pour titre, le *Sot orgueilleux* ou l'*École des élections*. Elle fut jouée le 7 mars 1792, et éprouva le même sort que l'*Héritière*. Il paraît que l'incorrection du style était extrême, et qu'elle offrait peu d'intérêt. Elle blessait, d'ailleurs, les habitudes nouvelles du parterre. Fabre y tournait en ridicule un marchand enrichi qui passait sa vie à faire des arrêtés dans un club borgne. Ce personnage courait le risque d'être dupé par un fripon, et n'échappait que par les soins de son frère et de sa femme, moins extravagans que lui. Le parterre d'alors n'entendait pas raillerie sur les clubs; il trouva mauvais que l'on plaisantât sur un si grave sujet, et la pièce tomba, quoiqu'elle offrît dés scènes empreintes d'un véritable talent, et quoiqu'il ne lui manquât peut-être pour réussir que d'avoir été faite avec moins de précipitation.

Depuis plusieurs années Fabre d'Églantine était initié aux intrigues du parti qui méditait le renversement du trône et l'établissement d'une république. En 1792, il fut nommé secrétaire-général du ministère de la justice, et député à la Convention nationale. Précipité alors sur une scène orageuse, entièrement absorbé par l'exercice d'une puissance à la fois périlleuse pour lui et redoutable pour les autres, pouvait-il conserver assez de loisir et de tranquillité d'esprit pour entreprendre de nouveaux ouvrages, et surtout pour les conduire jusqu'à la représentation? Il négligea le théâtre pour la tribune; mais cet échange ne fut point heureux; Fabre écrivait mal en prose; ses discours manquaient de flamme, et souvent même de logique; il mérita que l'on dît de lui que sur la scène il faisait envie, et qu'à la tribune il faisait pitié.

Fabre est mort le 5 avril 1794; jugé illégalement, dit Palissot, par un tribunal qui fit périr une foule d'innocens pendant l'anarchie qui régnait alors et qui n'a laissé qu'un affreux souvenir. Il ne nous appartient point de discuter ici les motifs prétendus ou réels de la condamnation de l'auteur du *Philinte*. A cette époque où la haine et la vengeance usurpaient si souvent le caractère de la justice, il est difficile d'apprécier l'équité de la plupart des arrêts qui furent rendus avec une si effrayante multiplicité, et de distinguer les coupables des innocens. Nous aimons à penser que Fabre, malgré toutes les erreurs de sa vie, doit être rangé dans la classe de ces derniers.

Il paraît que sa passion pour la gloire littéraire, long-tems balancée par d'autres passions moins nobles, se ranima à ses derniers momens. Renfermé à la prison du Luxembourg, il oubliait ses dangers, et n'était occupé, dit Riouffe, que d'une comédie en cinq actes (peut-être l'*Orange de Malte*), qu'il avait laissée entre les mains du comité de salut public, et de la crainte que Billaud de Varennes ne la lui dérobât. On avait en effet saisi tous ses papiers, et plusieurs ouvrages dramatiques. L'*Orange de Malte* particulièrement, qu'il regardait comme la meilleure de ses pièces, n'a point été jusqu'ici retrouvée. Le sujet très connu de cette comédie est, dit-on, le même que celui d'une pièce en cinq actes de MM. Étienne et Nanteuil (l'*Espoir de la faveur*) et de la *Fille d'honneur*, comédie de M. Alexandre Duval.

Fabre d'Églantine marcha à l'échafaud avec une impassibilité que les uns ont nommée faiblesse, tandis que d'autres l'ont qualifiée de courage. Toujours préoccupé de l'idée de sa réputation future, il jetait au peuple des manuscrits, espérant sans doute que quelque main officieuse les recueil-

lerait et les déroberait aux recherches de ses ennemis, soin touchant qui rappelle l'action de
Rousseau distribuant des notes justificatives aux
passans, et déposant ses confessions sur le grand
autel de Notre-Dame. L'appel que Fabre d'Églantine mourant faisait à la postérité fut entendu par
elle; et le hasard auquel il confia le dépôt de sa
gloire le servit mieux peut-être que n'auraient pu
le faire les calculs de la prudence. On assure que
la comédie des *Précepteurs* fut ainsi conservée.

Lorsque la révolution du 9 thermidor eut mis
un terme à l'affreux régime des échafauds, le
gouvernement réhabilita toutes les victimes de la
terreur, et, faisant succéder à d'inflexibles ri-
gueurs une indulgence également sans bornes, il
confondit dans des regrets communs et celles qui
étaient tout à fait pures, et celles même qui n'a-
vaient péri sous ce régime sanglant qu'après en
avoir long-tems adopté les maximes, et secondé
les excès. Fabre d'Églantine obtint sa part de
cette générosité nationale, qui pardonna à ses
erreurs politiques, en faveur de l'expiation dont
elles avaient été suivies; et qui garda seulement
le souvenir de son talent et de ses succès litté-
raires.

Par suite de cette disposition à honorer les
victimes de Robespierre, on tira de l'oubli la
comédie inédite des *Précepteurs*. Elle fut mise à

l'étude, apprise avec soin ; quelques parties de l'ouvrage, restées imparfaites, furent revues et corrigées ; et il parut enfin au grand jour de la représentation, avec un succès qui fait époque dans l'histoire du théâtre. La mémoire de l'auteur reçut un hommage public. Les journaux le qualifièrent hautement de second Molière ; mais, après cette première chaleur d'un enthousiasme presque universel, la critique et l'esprit de parti vinrent peser dans leur double balance le succès de l'ouvrage, qui n'est pas sorti sans quelque dommage de cette épreuve. Il est toutefois resté au théâtre.

Nous avons parcouru la série des compositions dramatiques de Fabre d'Églantine. Deux volumes, publiés au mois de vendémiaire an XI (1803), offrent une collection assez complète de ses poésies diverses, réunies sans ordre, et avec peu de discernement. Quelques-unes méritaient d'être conservées ; le plus grand nombre, esquisses imparfaites, ou essais de la jeunesse de l'auteur, devait rester dans l'oubli. Quelques notes assez chagrines semblent inspirées à l'éditeur anonyme par des sentimens de haine contre des littérateurs distingués. On a publié, en 1796, sous le nom de Fabre d'Eglantine, une *Correspondance amoureuse, précédée d'un précis historique sur son existence morale, physique et dramatique, et d'un fragment de sa vie, écrite par lui-même* (3 vol. in-12): les mœurs et la langue ne sont pas assez respectées dans cette production, qu'il faut ranger au nombre des livres licencieux, destinés à l'amusement des oisifs. Enfin, on attribue à Fabre d'Églantine le nouveau calendrier républicain, que l'on essaya, en 1793, de substituer au calendrier grégorien, alors et depuis en usage. Mais cette conception ne lui appartient pas; elle fut l'ouvrage du député Romme. Fabre composa seulement le rapport d'après lequel ce calendrier nouveau fut adopté par la Convention nationale.

On a publié beaucoup de jugemens sur la personne et les talens de Fabre d'Églantine. La Harpe, Palissot et Geoffroy ont jugé l'homme et le poète avec les préventions de l'esprit de parti. Chénier lui a rendu plus de justice; mais de tous les écrivains qui ont cherché à apprécier le génie brut et sauvage de cet homme singulier, personne ne paraît avoir mieux réussi qu'un biographe anonyme. «Les conceptions de Fabre, dit-il, sont simples, ingénieuses, bien pensées; ses caractères prononcés avec force, tranchans, soutenus. Le but de ses ouvrages dramatiques est généralement moral, et on pourrait en cela le regarder comme le chef d'une nouvelle école dont la corruption des mœurs rendait peut-être l'institution utile. Fabre paraît avoir senti qu'il était une époque dans les sociétés où la comédie, comme la satire, devait attaquer les vices et les ridicules dans le vif, et il est parvenu souvent à lui donner un peu de ces grands caractères qu'elle n'avait jamais eu que dans les deux chefs-d'œuvre de Molière. C'est quelquefois la dialectique serrée de Perse, et le nerf de Juvénal. Il y avait d'autant plus de hardiesse dans cette innovation, que le théâtre n'était alors occupé que par un genre méprisable, mais couru, par une espèce de drame efféminé, que l'on appelait ridiculement la comédie de bon ton, et qui règne encore sur notre scène, au grand scandale du goût. Quant au style de Fabre, l'insuffisance de ses études ne lui avait pas permis de le perfectionner beaucoup, et la rapidité de son travail en explique d'ailleurs assez bien l'incorrection. Il y a plus : très-décidé à éviter soigneusement ce qui pouvait ressembler à la mollesse, Fabre tombe à tout moment dans l'excès contraire. Il est obscur en recherchant la concision ; âpre et raboteux pour être ferme, trivial quand il veut être simple. Mais, au milieu de ces défauts si nombreux, et si obstinément inhérens à tout ce qu'il écrit, on voit par ci par là des vers d'une facture noble et heureuse, des tours à la fois énergiques et élégans, des expressions bien adaptées à la pensée, et on regrette que le poète n'ait pas donné les jours de sa force à l'étude de sa langue et de son art, qu'il pouvait porter si loin, au lieu de les prodiguer dans les crises révolutionnaires, sans avantage pour sa gloire, ou plutôt sans autre effet que de la ternir. »

L. THIESSÉ.

Les noms des critiques dont les observations figurent dans notre commentaire sur les pièces de Fabre sont désignés de la manière suivante :

La Harpe.	La H.
Geoffroy.	Geof.

www.ingramcontent.com/pod-product-compliance
Ingram Content Group UK Ltd.
Pitfield, Milton Keynes, MK11 3LW, UK
UKHW022222070726
13613UKWH00004B/1835